著

不规则叙述

黄河出版传媒集团
阳光出版社

图书在版编目（CIP）数据

不规则叙述 / 陆燕姜著. -- 银川：阳光出版社，
2020.9
（阳光文库. 8090后诗系）
ISBN 978-7-5525-5556-1

Ⅰ. ①不… Ⅱ. ①陆… Ⅲ. ①诗集－中国－当代
Ⅳ. ①I227

中国版本图书馆CIP数据核字(2020)第183864号

阳光文库·8090后诗系　　　　　　　　　　　　谭五昌　主编
不规则叙述　　　　　　　　　　　　　　　　陆燕姜　著

责任编辑　陈建琼　谢　瑞
封面供图　海　男
装帧设计　晨　皓
责任印制　岳建宁

黄河出版传媒集团
阳 光 出 版 社　出版发行

出 版 人　薛文斌
地　　址　宁夏银川市北京东路139号出版大厦（750001）
网　　址　http://www.ygchbs.com
网上书店　http://shop129132959.taobao.com
电子信箱　yangguangchubanshe@163.com
邮购电话　0951-5014139
经　　销　全国新华书店
印刷装订　宁夏凤鸣彩印广告有限公司
印刷委托书号　（宁）0018807

开　　本　889 mm×1194 mm　1/32
印　　张　5.75
字　　数　100千字
版　　次　2020年9月第1版
印　　次　2020年12月第1次印刷
书　　号　ISBN 978-7-5525-5556-1
定　　价　29.80元

编选说明

谭五昌

在中国当代诗歌发展史上，后起诗人群体的流派与文学史命名一直是一个饶有趣味的诗歌现象。自"朦胧诗"群体的流派命名在诗坛获得约定俗成的认可与流布以来，"第三代诗人"、"后朦胧诗群体"、"知识分子诗人"、"民间诗人"、"60后诗人"（也经常被称为"中间代诗人"）、"70后诗人"、"80后诗人"、"90后诗人"等诗歌群体的流派与代际命名，便陆续出现在人们的视野中。如果我们稍微探究一下，不难发现，在这些诗歌流派与代际命名的背后，体现出后起诗人试图摆脱前辈诗人"影响的焦虑"心态，又在更大程度上，体现了他们进入文学史的愿望。这反映出一个极为明显的事实：崛起于每一个历史时期的诗人群体往往会进行代际意义上的自我命名。20世纪80年代中期，以"朦胧诗群"为假想敌的"第三代诗人"

开创了当代诗人群体进行自我代际命名的先河，流风所及，则是21世纪初期70后诗人、80后诗人等青年诗人群体自我代际命名的仿效行为。90后诗人则是在进入21世纪诗歌的第二个十年后对于80后诗人这一代际命名的合乎逻辑的自然延续。

当下，这种以十年为一个独立时间单位所进行的诗歌群体代际命名现象，在诗坛上引起了激烈的争论与内在分歧。从诗学批评或学理层面来看，这种参照社会学概念，并以十年为一个断代的诗歌代际命名方法的确经不起推敲，因为这种做法的一个明显后果便是对当代诗歌史（文学史）研究与叙述的高度简化、武断与主观化。因而，我们对于当代诗歌群体的代际命名问题，应该持严谨的态度。不过，文学史层面的群体、流派与代际命名问题非常复杂，没有行之有效的科学命名方法，也很难达成共识。这足以说明文学史命名的艰难。更为常见的情况是，一个诗歌流派或诗人代际的命名（无论出自诗人之口还是批评家之口），往往是一种策略性的、权宜之计的命名，从中体现出命名的无奈性。如果遵循这种思路，我们便会发现，60后诗人、70后诗人、80后诗人、90后诗人这种诗歌代际命名，也存在其某种意义上的合理性。因为就整体而言，他们的诗歌创作传达出了不同的审美文化代际经验。简单说来，60后诗人骨子里对于宏大叙事与历史意识存在潜意识的集体认同，他们传达的是一种整体主义的审美文化经验。70后诗人则以叛逆、激进的写作姿态试图打破意识形态的束缚（最典型的是"下半身写作"现象），他们在历史认同与个体自由之间剧烈挣扎，极端混杂、矛盾的审美经验使得这一代诗人的写作处于某种过渡状态（当然，其中的少数佼佼者很好地实现了自己的文学抱负）。而80后诗人兴起于21世纪初的文化语境之中，他们这一代的写作则是建立在70后诗人扫除历史障碍的基础上，80后诗人的写作立场真正做到了个人化，他们在文本中可以自由展示自己的个性，没有任何历史包袱，能够在语言、形式与经验领域呈现自己的审美个性，给新世纪的中国新诗提供了充满生机的鲜活经验。继之而起的90后诗人继承了80后诗人历史的个人化的核心审美原则，并在语言形式与情感内容层面，表现出理论上更为自由、开放的可能性。

目前，80后诗人、90后诗人是新世纪中国新诗最为新锐的创作力量，而且这两拨诗人在诗学理念与审美风格上存在较多的交集（简单说来，90后诗人与80后诗人相比最为鲜明的一个特点是：90后诗人的思想观念更为开放与多元，他们的写作受到新媒体的影响要更为深刻一些）。因而，从客观角度而言，80后诗人、90后诗人的诗歌写作颇具文学史价值与意义。

因此，阳光出版社推出《阳光文库·8090后诗系》，体现了阳光出版社超前的文学史眼光与出版魄力，令人无比钦佩，其价值与意义不言而喻。

2020年6月25日（端午节）凌晨 写于北京京师园

目　录

卷一　她在世界的睫毛上跳舞

卷三　梦与醒的分界线（节选）

卷二　不规则叙述

卷
一

她在世界的
睫毛上跳舞

CHAPTER 1

A 观察时间的八个片段

片段 之一

方向感高于指南针

车窗高于风景

消息高于服务器

我，高于我

有人坐在高高的云端

描画出，迂回的时间线

片段 之二

早晨，清脆的鸟鸣被弯曲成

一枚精致的别针

夹紧这个涣散的早春

我坐在飘窗窗台上看书

刚好打开第163页

不小心，把自己合了进去

白纸黑字，有着棉花糖的味道

糯，甜

阳光被一页一页翻过去

而我陷于拒绝抒情的低音区

像被燃尽的烟灰

掉落一地

片段 之三

能否将我像一只钟一样

挂到墙上

这面墙太孤独了

无聊时我把双脚搭在书桌上

005

盯着这面墙，长久地发呆
它太空了

我的童年，常常从这空白中回来
有时这面墙是我母校教室后的黑板
贴满小红花的那一面

有时是儿童节我站在礼堂演讲
身后排满彩旗的那一面
是少女时贴满明星海报的那一面

那些我，时常成群结队地回来
站成一排
集体微笑，合影

在这空白中相互辨认
又从这孤独里
相互分离

片段 之四

夜，亮出它婉转的喉咙
——一个剧场的入口

一场雨，在一刹那间
停住画面

但我仍能听到
藏在千万雨滴中的心跳

那静止中下坠的姿势
像旋转着的镍币

镍币中，有深藏着的秘密
以及掉落时

清脆地撒了一地的
一双双眼睛

片段 之五

一切恰到好处

列车分开余光

分开微风中似人头攒动的白菊

分开晚报上，密集的青苔

一张失序的列车时刻表

一车厢摇摇晃晃的算盘

一车厢即将到站的戏法

这是最合适的角度

沿着一条时间轴

——射穿靶心

一切摇摆不定的事物

在风中藏不住身影

取好站位，扣动扳机

时间的流速，将被精准记录

片段　之六

垂柳轻拂

诗歌顺势而下

雕刻着河面的水纹

语言如此静谧

我永远无法将柳枝轻摆的姿态

记录下来

无法分辨柳叶碧绿的深浅

无法观测风的力度

永远捕捉不到，柳梢变幻的瞬间

时间随河水静静流逝

带着我，永不知晓的秘密

片段 之七

一个加密的春天

用什么，打开它

书桌一角的玫瑰干花

记着她前世鲜活的样子

她经由谁人双手

献给谁人

湖上野天鹅将头埋入水中

像一个硬汉不管生死

把一部分身体，插入锁孔

而湖水，被加了密

覆盆子在无人的午后爆破

千岁兰的根在泥土中埋头探索

仿佛一只手，肆无忌惮

进入大地空旷的身体

万物都在寻找着他们自己的密钥

不能言说的河床在不断上涨

身负重任之词，正在奔向对应之物的路上

B 她在世界的睫毛上跳舞

她 之一

她，在世界的睫毛上

跳舞

她旋转，整个春天的花儿

都踮起脚尖，张望

她一出场，便是疼痛

她适合

饰演一棵树

在夜里

不停地吸水

在白天，将自己慢慢拧干

傍晚，她的脸

干燥得好像拿一根火柴

轻轻一划

便能擦出火花

她遇到了，光

在一棵芒果的体内

剧本在深夜

掉落在地上

整个城市，都听到了

另一个星球，也听到了

她失眠

继续在房间里，种植

无名树

继续旋转

从不需要掌声

她 之二

轻轻挨近草地

她的帽子，绿了

白云是她的床

白色的床单上

倒垂着吊兰

她咯咯笑

眉梢便生出绿萝

她的心，像棉花糖一样

不要靠近她，不要被她的甜

呛到

她的兜里装着

洗了又洗的月光和琴声

她解开一粒纽扣

夜，便来临

她将帽子脱下

连同自己的身体
一起挂在墙上

然后拿起针
在黑暗中，将漏洞百出的灵魂
缝了又缝

她　之三

她将自己，缩成一粒小石子
不，更小
是一粒灰尘，落在
一个笼子的底部
她活着
阳光照进来的时候
她数影子
自己的、别人的

她坚定地认为

就在附近

一定有另一粒灰尘

也落在这样的一个笼子里

他一定，会跑过来与她相认

用越狱般的勇气

她　之四

太幸运了！

她和他乘坐不同的列车

却在相同的目的地

遇上了

她喜极而泣

眼泪却在他的眼眶

涌出

站台广播多么欢乐

来来往往的过客多么欢乐

空气中浑浊的气味

多么欢乐

它们同时经过

她和他共用的五官

她　之五

远离林荫

远离湖泊、沼泽

或浅滩

远离养殖场

或动物园

远离嚎叫

远离利齿

远离她，哀伤的眼神

她深沉的低鸣

她的眼泪⋯⋯

她是一条被囚禁太久的鳄鱼
她孤独、压抑，被忽略太久
她的愤怒，即将爆发

她　之六

她一出生，便苍老了
九十九岁，多一点

最不可思议的事情
发生了
她开始
——逆生长

十多岁，她越过老年期
三十多岁，她度过更年期
五十多岁，她是恋爱中的姑娘

七十多岁，她做着少女斑斓的美梦

九十岁以后，她回到童年

最幸福的事情

终于发生了

一个粉嫩的婴儿

带着天使的笑容

在她爱人怀里

停止了，吮指动作

她静静睡去

再也没有醒来

她　之七

该如何是好

到处充满危险

春天的炸弹

随时随地引爆

棉絮在木棉树上爆裂

玉米粒在玉米苞里爆裂

连小小的豌豆

也耐不住，饱满肿胀

撑裂豆荚

嘘，在春天

你千万，不要喊她"亲爱的"

不要投给她，多情的眼神

她的身体，遍布地雷

轻易就会将你

——置于死地

她　之八

她在虚构的天台上读书

顺着爬山虎的藤蔓

她摸到，语言结出的错误的果子

她怀疑自己

怀疑

眼前的作物

她把自己平铺在天台上

晒月光

裸呈全身白锃锃的骨头

一闪一闪的萤火虫飞过

微光照着她，透明的血管

被嚼碎的歌声铺满大地

天迟迟未亮，她一直未醒

或者需要虚构一个

新的太阳

让她继续活下去

她 之九

穿着三层厚厚白纱裙的女人

手握铁锹，在春天的脸上

栽培作物

里层是糖丝，中间

是泥土，外面那层

是防弹玻璃，用来裹紧她的身体

她在白日的正面埋下种子

在黑夜的反面收获果实

空气中，布满地雷

她偶尔也停下来

放下手中的工具

读一封，长长的信

而后一层一层，慢慢

解下外衣，雪白的肌肤

饱含着水

有时是眼泪，有时
是雨滴

她　之十

人们对她充满好奇
她心底的洞
需要种上多少植物
才能填满

她的身体，埋伏了多少
迷人的开关
她的五官，随时生长出
新的藤蔓

她是一只不停溢出绿色的邮筒
一只上错发条的闹钟

她长着单数的翅膀，和

复数的尾巴

有时躲进云层，有时

潜入海水

想重新投胎为天使

或一只鱼

她的表达口齿不清，上帝总是

没听明白

有时，她也制造

消失或飞行的事故

变成一件暗器

隐身于闪电中

试图用光

与大地交谈

她一生，不停地干着同一件事

将自己埋下去，挖上来

挖上来

埋下去……

还没来得及腐烂

便又开始发芽

她　之十一

火车并没有停息

疾驰挣开厚厚的云朵

黑暗拉链般被扯开

隐藏的白日——翻出

阳光下

她变得，多么明亮

被雨水浸泡过的骨头

重发新芽

身体再度发育

山河辽阔

一万匹野马奔腾而过

实际上只有一匹，其余都是幻觉

她脱下羽翼

安静地坐在铁轨旁

淡定地控制着身体上开关

秋 路

再往前一步，就是秋天

天还没暗，听觉已变得漆黑
用脚步丈量秋色
每一次转身，便撕掉一张脸

"我们还能挽留什么？"
"可以失去的，已经不多。"

而今，我时常不在路上
在场者，失却现场感
不敢爱，不敢恨
爱不起，也恨不起

对生活的态度，总是

不够坚定

拆散，粘连

裸呈，掩蔽

刚刚锁定了目的地，马上

又放逐了起点

秋　戳

这一段邮程，到底有多远？

第三十封信，我再次

用整个躯体封锁一个秋天

贫血的爱情，单薄的影子

有形无质的挣扎，月色又将

咬断背影

昔日的钢戳，能印证什么？

——大地是一颗被皮肉包裹着的石头

无论我们有多少回"重来"

它从不被经验惊扰，从不

发出回声

秋　舞

我的强迫症越来越重

舞池中央，秋色夹着尾巴

戴着口罩，晃动着身子

我的影子幽灵般游弋，身体

纹丝不动

解掉鞋带的红舞鞋

挣脱了地心引力

我站在舞台边缘

没有观众

灯光下

莫名地下起了雪

越下越凶猛

秋　迁

把辽旷的躯体

搬走

把紧挨着的金黄的麦影

搬走

把你的影子，从我的地界

搬走

把横在眼前的雾霭和曲路

搬走

把汹涌的波涛从狮子的睡眠里

搬走

把爱上我的仇人，从书角

搬走

把秘密从舌根底下

搬走

把暴力从纯洁的梦游中

搬走

把真相从菜谱和药方里

搬走

好了，现在

四壁空茫

秋风湿了

我——来了

秋 辨

钻进一棵开裂的树

我打开了另一个世界

季节适合迁徙，而我

适合飞翔

没有翅膀的飞翔

无需任何特技的飞翔

丢却逻辑本身的飞翔

我的语言里藏着石头

如果你相信命运很诡谲

这小小的石头，也会振翅

证明它是天才的化身

藏在一场纷飞的落叶中央

我掂量不出自身的重量

捷径的敌人，就是捷径本身

这场叶雨，肯定是从时间的深处下起

秋　疑

一捆笨拙的信

一只头颅低垂的邮筒

一簇正洗着一手好牌的雏菊

一根被枯枝悬住了的断弦

被催眠至隐形的一张脸

紧闭五官

我怎么也想不明白

我是如何

被一丝不起眼的细绳

紧紧地，和这个秋天

绑定在一起

秋　痕

熨平褶皱的逻辑

我伸出了

滚烫的触须

比孤独更孤独

我们遭遇了爱情，却

无法让它清澈见底

我的灵魂，安装着迷人的开关

开启与关闭

都让我轻易跌倒

从一块疤，到另一块疤

我们企图将自己指认

在一片枯叶的脉络里，清晰旅行

匿痕中

我们在落叶的轨迹中

抽象地活着

秋　斩

我陷于秋天

香薰灯不断挥发着

一根燃着的520香烟

焐燃了另一支，而后

各自回到你我的嘴里

彼时，此景

而我们，早已不在这里

被击碎的镜子并非不完整

平躺着的碎片，有着各自独立的世界

我是说独立，不是孤立

就像今晚，我被一只空酒瓶整个拎起

也不见得离地面更远

离你，更远

纸币斩断幻觉，而秋风

斩不断浮桥①

牌坊②立着，地球转动

我睁大失眠的双眼——

世界在宫缩，诞下另一个世界

叠加于，我们的世界

---

① 浮桥，指潮州湘子桥。
② 牌坊，指潮州牌坊街，共有24座牌坊。

秋　弃

纷飞的落发

来得比落叶凶猛

这是秋天，我削发为尼

请原谅我，将你们一一排号

我将抱紧秋风

美美地，睡上一觉

用睡眠，练习死亡

秋　释

视野范围内

需要填补的事物太多

真理煽动着翅膀，寻觅着它们的投影

向北，向南；向西，向东

没有秘密渠道

就像落叶，它们的归程

不一定依赖于轨迹，更多的是

——"偶然"回归"必然"

D 温柔与彩色

白 暮

整座岛屿，在暮光下发着芽

我只剩下自己
守着一座白色之城

"灵魂是身体最重要的部分"
是的，我是我，最重要的部分

我体内的狮子，是我此生
最重要的部分。而此刻，它已安睡

防不胜防，一枚被翻身压折的想象
幻化成另一个我，在梦境里出没

红　漆

没有对现实的默契

我向生活

后退三步

有液体从浮花玻璃

不断往下淌

我已在剧情之外

蜷缩在无名角落

我反复辨认——

哪一种，更贴近体温

灰　瓷

错过了泥土的复活节

我恨自己，活得太逼真

偷走叶子的指纹

穿在身上

我赞美

正义爱着宇宙

我的口径像竹笋的嘴唇

破土之前，一定不忘

亲一亲

头顶的泥土

绿谎言

新芽，孤独

陷入陶醉的绿

流风，满盈

沉默不语的光

羽翼，虚无

受到惊吓的暖

无意命中的梦
此刻就站在我的身后

只要我稍微转身，便会与它
撞个满怀，比如我说
我从来世抽身提前来见你一面
你信不信？

黑镜子

土坯房的四壁
影子死死地钉在墙上

兽牙挂在前胸，他举着火把
扶着木梯一步步往下

镜子反射出力量
家什被照亮

月光刺眼得不成样子
却照不出，少年时的那张脸

漆黑的镜子
像一个泥潭

有时候
他在全身安上拔火罐

佯装成一只刺猬，静静地
蹲在通往黄昏的路旁

新一天的清晨，明亮
饱满，像是怀了孕

蓝火柴

我们靠得那么近

像相爱一样相生相克

每一次燃烧

不置对方于死地

不罢休

我是蓝

你是木

我是蓝色的蓝，我不使用

你——木头的语言

橙色废话

高烧橙色

药水橙色

胡话橙色

钟摆橙色

托辞橙色

安慰橙色

沉默橙色

欲求橙色

空荡荡的夜晚

我站成一束光

比红更黄

比黄更红

因明亮，而

失却光芒

玫瑰黄的愿望

布拉格的酒馆花园中央

一支黄玫瑰站在长颈花瓶中

丝绸般的早晨

在花瓣边缘蔓延

许愿池旁，在这首诗最后一节出场的那个人

她，急于表达，却

丢失了语言

玫瑰黄的愿望（续集）

我一个人跳舞

旋落一串串黄昏，一朵朵鸽语

金属感的广场上空

因你的影子而增添了重量

修道士的默祷断断续续

一如我们活着的踪迹，在停留中遗漏

傍晚的花粉，砸向我的眉心

夕阳，黄得耀眼

飞蛾流窜，云鬓缭乱

我停不下舞步

白时光

隔着一页纸

我枕着一段绵柔的时光

季节的下游

那些多出的植物在暗涌

裸露的岛屿，泄漏了

它的虚妄

一截游弋着的历史

透出刺眼的白

穿越时代陡峭的喉壁

轻轻地，在低烧

顺便回放

好吧，坐下来吧
顺便掏出一张纸巾
包住一小把阳光
再顺便，放进兜里

顺便回想，多年前
你舀了一碗白月光
一口一口喂我
再顺便——伤害我

顺便
再顺便……
直到，我无力哭泣
孩子般熟睡

直到，我兜里的那枚果子
着了火

时光之外

一滴水，在坠落的中途
突然停住

十一月，群山静默
倾听河流舞动的弦外之音

被搁置多年的修辞，因蒸发了
水分，而变得厚重

一滴水，像一段紧握在手中的旧时光
下坠着停住，停顿着行走

生茧的子时

撤退
群山倒退，潮水倒退

子时的漩涡，暗涌的茧

——倒退

抬高的地平线

我站在视线之外

滴落的药液

换不来流失的鲜血

子时，周围静悄悄

我仍活着，我活着

不需要——

太大的声响

车厢蒙面书

我一再归来，故乡地点几度转移

鸦雀散去，冬景光秃

绿时光的手指，敲叩车窗

诗歌的黄金，蒙贴于
我的皮肤，毛孔阻塞，
我的呼吸，再次急促

车厢之床向前延伸
无边无际，不像我的灵魂
倒像我散了架的身体

这个冬天如此浩荡
一路上，芦苇林
此起彼伏，咳嗽不止……

童年倒挂在树梢

一只鸟清脆的叫声
唤醒那些旧尘埃
停歇在外婆灶台上

沉睡的光阴

"丫丫，丫丫，我的妞妞叫丫丫

扎好辫子上学堂"

外婆一边帮我扎着羊角辫

一边喃喃轻唱

我的童年倒挂在枝头

摇摇晃晃

嬉笑声，压弯了

外婆的腰

这是初冬，一个老寡妇坐在木屋门口

守着一棵老芒果树

逢人便提，她的妞妞

这个周末，就要来看她

感恩节不是诗歌日

我的鸟儿藏在太阳的腋下
颤动的翅膀，拍打着
生活，发出脆响

亲吻的时间到了吗?
阳光下的影子虚实未定
悬挂在梦想的后脚跟上

我冲洗梦境
以保持足够的光亮，照透
白昼的背面

这个冬天，好烫人

来不及对生活说出感恩
一束光掉落下来
站立成一棵树

我的鸟儿哦，扑棱着翅膀

它，叫喊着

用一场雪，转动时光的滞留

收起天空的裙裾，收起云

收起虚妄

腾出足够的空

让一场雪，走进来

远山生出远山

前方叠加于前方

比远更远，比孤独更孤独

这条路，到底有多长？

光线兑下纯白，诞生黑亮

请允许我，用一场雪

洗薄

夜的暗色

看，那些滞留的时光

正以一场雪的名义，流动起来

向日葵，丢失秒针的方向盘

用头颅说话

方向，长了舌头

毛茸茸的声音

摩挲着侧肩而过的时间

鞋子糜烂的哑巴，她继续

用眼睛走路

午时，云朵长了刺

三只脚的家伙

停止了走动，她覆盖了

整个太阳

无形的秒针，是光

调整着她，一生的方向

举起双手，她再次

触碰到童年

小与黑

我是多么不愿意，打开这只黑黑的匣子

多么不愿意牵着阿妈老迈的眼光，走回1988

更要命的是，掀开这匣子盖

这首诗必将变得不节制

小小的黑黑的1988，写在军绿色的布鞋上

踩着我的懵懂和恐惧

裹在阿妈手缝的书包里

融入她这么多年匆匆煮熟的早餐中

——这至今烫嘴的包袱

"18号，丫丫"——"要！我在"

"要，要。要！"这渐强的低音

——在呢，我在，一直在

"这孩子，什么都好。

就是太小太黑，太羞怯

——班主任：刘雪婉。1988年×月"

这字迹，在四面镜子的记忆胡同底端，翻倍清晰

黑黑的1988，拉开了讲台上一个个面孔排成的序幕

小小的1988，渐渐长大，

答应声日益白胖，袅娜，迷人

"×号，丫丫"——"要．我，在。"

这总将是最后的应答

母亲的叮嘱，多年的手稿，那些冷冷暖暖的评说

已谈不上小，或黑，那仅仅——只是灰烬

指兰为竹

这一次，这丛兰

竟然开出了骨头

竹节一样铮铮的骨头

她那么旧
旧得只剩下骨头了

年轻的时候，每次开花
不是开出月光就是蝴蝶
不是关乎李白，就是关乎梁祝

哦，这标签
她抖了抖叶脉，这些柔软了一辈子的剑条
耸耸肩，锵锵作响

她那么旧
旧得只剩下真理了

她端坐在溪边，被弃而后生真叫人痛快
谁说兰必须是兰？而不可以是梅
是菊，是竹？

现在，她就是要这样
血肉清晰

举着绽开的骨头示人

仿佛坚决要让谁看见
又像是誓将与谁，永不相见

丢失的偏见

对一座春天的偏见，不及对一个花园的偏见大
对一个花园的偏见，又不如对其中盛开的某朵芍药花大
对于一个藏着蚁窝的花蕊，藏着所有甜味的花蕊
我的偏见，足以忽略上半生

雕塑的眼睛，静止地穿越——
练琴房中一双雕花的手，慢慢下垂，僵硬，直至作废
植物园中耷拉着头颅的草木，
像一个个破产的童话
校门外烧烤架上的秋刀鱼，
仍保持着在海洋中的笑脸

我还能对谁存在偏见？

对于这个世界，除了竭尽全力地深爱

我已没有多余的气力去恨去悲伤

瞧，那两个我

一个在2000年，一个在此刻

在同样的春日，坐在同一朵花蕊中

毫不相干地，打着瞌睡

忽略的转折

叠加于我之上，一觉醒来

另一个我已经走远

音乐，历史，思想品德，到底有没有联系？

音乐着历史，历史着思品，

外加鸡零狗碎的演出排练

这样冗杂的佳肴，的确很有创意

世界上所有"瘦巴巴"的事物，都很有诗意

我将远离他乡的"瘦弱"

说成磨砺意志的"丰腴"

这段距离，到底有多远?

坐在车尾，父亲下摩托车油门的声响

从我闺房的枕边，横渡两个码头，两座大山

一直响到学校公共食堂里我的筷子尖上

滚烫的冰凉

"我一直暗恋你，18年了……"

一束回忆的光刺，扎向我的眼睛

1994，一只旧皮球，踢着我的脚

来势凶狠，却疲软无力

一个转身，静静的韩江

站立成了岁月的拐杖

那些感知粉色的触须，长成抵抗黑色的犄角

我已找不到被偷的那半个自行车铃铛

答卷笔磨成生活的屠龙刀

旧双肩书包是掀不开的雷峰塔

我和伙伴们在后操场种下的塔松

成了若隐若现的兰亭

多么惶恐！像当年他对我说出了爱恋

防不及防，却又不可告人

就像你啊，白花花的热时光

让我呵在手心，边吹着气边不停地叫喊

——烫，烫，烫，真烫人……

还来不及放入口中，已经冰凉

兰，叶条上卧着一张弓

十八岁。初放，拒绝完美
鲜嫩的叶条，雨后长出新生语言
她的背，卧着一张弓

舞蹈镜开始跳跃
玻璃上挣扎着光
镜中的肢体和影子配合
像一支抽枝的曲子
镜面被繁叶占满

从这一面到另一面
从这个盒子到另一个盒子
从这张纸，到另一张纸

从单数的清晨，到复数的夜晚
喊一声自己的名字

"兰儿"——

一张弓在应答

幽闭的箭，将青春

钉紧在墙上

一幅发了黄的国画

永久地挂着……

在兰花的体内描绘兰花

因为她是诗人

她能听懂兰花的语言

所有奔涌的词汇

绽放的想象

面对一株开放的兰花

无从描述

开放的花朵

　　　　如此孤立却又密集

她们屏息相拥，倾听
彼此体内的爆裂

能够说出的，其实微不足道
能够写下的，或许毫不相干

在一株盛放的兰花体内
其实，从没有花儿开放过

一丛兰花飞进我居住的盒子

无月的夜晚
我打开窗户写诗
一丛兰花
飞进我居住的盒子

这闪光的造访者

她慢慢靠近我

照亮我书写的纸张

我从未见过如此真实的绿色

轻盈的花瓣，金黄抱着金黄

韶华落在我的头顶

隐秘的盒子，整个发着光

被带动着

轻轻飞了起来

凌晨四点半，海是什么颜色

——写给赴青岛北海舰队三个亲爱的小姑娘

枕木唤醒枕头

汽笛在闹钟之后

凌晨四点半

海是什么颜色？

这样的夜，与寻常的夜

有何不同？

祖国，我要多美多坚强

才能配得上你的召唤？

多少未曾说出的话语

被缝进迷彩军鞋的胶底

仰起头，抬高眼睛

眼泪还是掉下来……

但正是泪水

一次次重塑了我们

再见，父亲微弯的背

再见，母亲紧皱的眉头

再见，车站内外隔着玻璃的血脉和不舍……

再见，再见……
我想去看看，海是什么颜色
想去看看
我体内血液的支流
即将汇入的海，究竟
是什么颜色

液态的姑娘，闪光的玫瑰
你们可知道，一个诗人
在回程的火车上
给你们写诗
她的心
忧伤而饱含深长祝福

在她笔下
喷薄的麦穗
闪着光
融入海的蔚蓝……

和生活第一次真诚交谈并握手

这掌声听上去，很深，很深

湿漉漉的女中音，带着寒气

"谢谢！谢谢欣赏。"

我的拒绝总是略带生冷

你赞美我，充其量，我胖一点活

你诋毁我，我也不至于消瘦

剪下今天之前的任何一张脸

我的笑容一样光鲜。你信不信？

很简单，就像掌声与拍掌的是哪双手

丝毫没有关系一样

我是说，我正投入于一场折子戏

场景可以随时随地——

童年外婆家门口的金凤树下

今天我刚刚离开的课堂上

某个老迈的炎夏傍晚，那嘎吱嘎吱的摇椅边

放心，总有一天，我会紧紧拽住你的手——

"谢谢！再次感谢你的完整欣赏！

这平庸，多美好。这挫折，多美好。

这漫长的孤独，多美好！"

我是多么不舍得说出这句等待多年的台词呀

这是此生我对你说出的，最后一句话

卷二 不规则叙述

CHAPTER 2

A 不规则叙述

雨

雨点撞击窗棂
破碎，旋即消逝

瞬间，我便忘却它
粉身碎骨的情形

它从哪里来
要修炼多久，才来到我的窗前

无法自控的碎裂
层层叠叠、此起彼伏，正在发生

一道闪电扯下雨幕
仿佛稍纵即逝的人生被随意翻页

大地一语不发

世间万物在雨中模糊

醉　辞

水草和玛瑙深夜醒来朗诵

配乐在屋中不断吐出新芽

枝繁叶茂

我单脚站立在树下

右手举起瓷盘

桌上的酒杯盛满颂词

杯面晃荡着成群的帆船

幻觉，传递能量

眼睛和耳朵置换

我再次丢失了五官

很好，很好，此刻我如此自由

成为树枝的一部分

无拘无束伸向黑暗

这凝视现实的黑暗

我此生深爱着的黑暗

醉醺醺的，甜蜜的黑暗

牙　医

他捧着我的脸

足足注视了一个小时

这真叫人心慌

我从不奢望突如其来的"爱情"

隔着他的口罩

我无从猜测他的面容、呼吸、内心

陌生的事物

原来也可以这么亲密

两棵树

它们站立着

肩挨着肩

夜色下窃窃私语

讨论着一些未知的事物

当我路过

它们立即披上月光，默不作声

处方笺

姓名：陆燕姜

性别：女

年龄：成年

临床诊断：喉炎

开具日期：2017年6月20日

Rp

复方黄芩片，一瓶，一次4片，日服3次

头孢克肟分散片，12片，一次1片，日服2次

法莫替丁片，6片，一次半片，日服2次

泼尼松，18片，一次1片，日服3次

医嘱：姑娘，祝你服药快乐

一个人，困在暗房

读诗，练瑜伽，画风兰

眼中噙着泪花，喉壁不断加厚

夜半，拉开抽屉

我服下一周的药量

服下医生手中的步枪

服下一节失火的列车

服下满天星光……

身子闪亮，在夜空中沐浴

有人将我的绣花鞋偷偷提走……

小剧本

还来不及穿上红舞鞋

大篷车已经开走了

电影主角缺席

铁轨一路向南，生下一群小火车

一斤重的魂丢了，四两九的命还在

没有解药，一堆字词趴在纸上抱团痛哭

第十二章37回，第8节旧车厢第5行靠窗位置

有人控制着挡杆

凌晨一点半，糖衣片开出红色小花

书页中两具肉体打成死结

半小时后

身材丰腴的女人轻轻靠过来

"借个火，可以吗"

黑暗中，两张塑料的半透明的脸

贴得那么近，却如此陌生

四颗栗子

第一颗，秋风中坚守枝头有意无意，展示

壳斗科栗属种仁的本色

第二颗，躲在密叶后面

如期成熟、饱满

等待啮齿类动物找上门

第三颗，练就偷天换日之术

披着别的果子的外壳

混入化装舞会

最后那一颗，老实巴交

被肾亏的老郭带回家

这补肾强筋之物，咧开嘴却笑不出声

混着粗砂和白糖

无意间，将整个安静的夜晚

搅得噼啪作响

六月初六

塔后山，空旷寂静

细土密集，淡紫色的苦楝花簇拥着抱紧初夏

六月初六，外婆挑着竹篮子

一个人走在奈何桥

她从篮子里拿出西瓜和熟肉

西瓜从阳间到阴间

还是那个味道

一样的脆甜

子时，流经家乡的韩江

韩江畔的苦楝树

081

苦楝树上的尘埃，沉沉睡去

只有阴阳相隔的灵魂

彻夜醒着

废话连篇

我进进出出

门关了又开，开了又关

不停挪书架，找不到合适摆放的位置

不停化妆、卸妆、流泪……

街上收破烂的人在垃圾桶里翻找诗歌

我有妊娠反应，想呕吐

想扶着书架把孩子生下来

我得先摆好姿势

每一种适合恋爱的姿势

我床头装着5号电池的闹钟

就快没电了

不要给我递酸奶，我和影子翻脸，谈分离

但并不影响我和他厮守终生

好吧，我说完了

你可以走了——喂，等等

最好一只耳朵先撤

另一只，今晚留下来

月光的羽毛

月光的羽毛落在山冈

山冈披上白雪一片

月光的羽毛落在田野

细听稻子的呼吸

月光的羽毛飘到夜读的孩子窗前

在书页上轻轻停留

月光的羽毛扇动着翅膀

照着一只酣睡的夏蝉，偷偷进入她的梦乡

月光的羽毛来到铁轨旁

等待擦肩而过的途中人

月光的羽毛落在天桥下

照着流浪汉撑破布鞋的脚趾头

月光的羽毛那么轻，那么白

诗人将它像灯芯一样拈来安放在夜的心脏

点燃山河的血液

照亮整个世界

不规则叙述

我说心情棒极了

我和两只新婚的蚂蚁连干三杯

整片森林醉醺醺

红杉树的树冠撑破天空

一群长着翅膀的白云小象

在头顶飞翔

小溪边，取水的女人露出肋骨

她湿透的衣裙下藏着熟硕的果子

眯着一只眼睛瞄准的猎人

窥见那柔软腰肢

放下了手中的猎枪

野雏菊在林间小路旁排练合唱，麋鹿驻足倾听

鱼儿在水里跳着踢踏舞

他们穿着整齐的燕尾服

全然不顾另一头正举行着一场蟋蟀的葬礼

我混进这场森林化装舞会

没有固定的形状

我是一棵站立着的安静的桦树

是穿着彩衣爬行的蜥蜴

是阳光下轻展笑意的虞美人

是躺着做梦的鹅卵石

我是紧紧缠绕着老树脖子的无名藤蔓

是一滴水，在小溪里

没心没肺地唱着歌

……

最后，我被固定在卢浮宫

一幅著名的油画上

木头国访问记

夏至，我拿起一把小剪子修剪初夏的刘海

以便让你更清楚地看到我看你的眼睛

我自带火焰

为了避免自燃

身上经常备着水龙头

生活的真相，是木

像你，木头的木，木讷的木

我的老毛病不定时复发

总是错将水用成火

时常烧坏自己的嗓子

算了，我是喷香的火

不想翻越你木头的禁地

我是怒放的水花，不想

访问你木头国的制度

嗯，小溪边的美人蕉开得正好

待我将身旁这条小路扭一扭，打个结

一半快递给外太空

一半灌满酒，美美地陪我睡一觉

剥洋葱这门艺术

坐在桌子前

我专心致志剥洋葱

心上的事越来越轻

窗户长上了翅膀

语迟人贵不是我要的

我也不懂何为水深流缓

盯着镜中的自己

湖面便起了皱

我继续剥我的洋葱

天色很快暗下来

我告诫自己再呛也不能掉泪

要像将炊烟塞回烟囱一样控制自己

我从不随便谈论政治

我写出最漂亮的词句，都与孤独有关

与洋葱有关，与妈妈

针尖下的琴声有关

不要随便喊我女神

更别说主动帮我提绣花鞋

我其实

什么都不是

再剥一会儿洋葱

我连皮带肉，都会剥光了

放心，我经历的苦痛还不够多

不配谈死

我只想专心致志，完成

剥洋葱这项艺术

写一首谁都能读懂的诗

从前，有个小女孩很快乐

她赶羊，给羊儿取好听的名字

有时把自己当成其中一员挤在羊群中间

从前，麦秆儿可以做成喇叭伞

可以吹乒乓球，做鸟哨

仿佛大雁也能被哨声引骗落地

从前，覆盆子随地都能采到

不用洗就能吃个够

鲜冽的浆汁，咬破就会喷射到夏天的脸上

从前，头顶上的天是现在的两倍高

云比风轻，青草散发着翠绿的气味

阳光下蜥蜴自由穿行

我们各行其道，互不威胁

洞

将眼光掏空

将手语掏空

将名字周围的灰尘掏空

将骨髓里的傲慢掏空

将唇上，仅存的蜜

掏空……

归

米白色的小教堂，举行着一场葬礼

她的姓氏被迁徙，乳名被切割

吐着浅蓝火舌的躯体，被命名

小木屋之外，少女时光被插植成

白色栅栏，柴扉或掩或开、竹篱外的葵花
只剩，一个方向。跟他上山砍柴
为他洗衣烧饭，缝裤补衫，疗病舔伤
生下儿女一双

三两声鸟鸣、虫叫，一丝花香，几缕山风
还有他的一声声轻唤。她，寄隐于
一幅水墨风情画中，像诗般
将柴米油盐分行

活着与死亡。有时只是
对方的另一种表现形式
地狱与天堂，也是

她，正从一扇门，通往
另一扇门

锤

我终于确定了
这重力，来自我自身
滴滴答答的心跳，赶走
一个又一个影子

这空拍的苦役
盐粒一颗颗从秒针的缝隙剥落
没有泪水，没有脸庞

掉，往下——掉落——
我的面庞，一直住在隔壁
我的影子，一直隔着躯体
好了，该是爱上这玩味的时候了

这真实多好
这发烫的铁质重击
多好

跳上生活惯性的链条，我是

渴望脱落的一环

晃摆的锤

冷不丁，便将人抡向高空

棺

一条幽暗的小径

阳光撞开第一道门

子宫口打开

一排排树木，一层层未成型的门

等待着他们的木匠

到来

狭窄的圣林

悬着各种各样的钥匙

一道道隐形的门，通向未知的方向

而木匠只需知道尺寸

盖棺定论之日与他无关

一辆沉重的车子

驶过

待开之门,在颤抖

"哐锵"

尸炉工的铁锹扬起

火光刺眼

最后一层门,被打开

堤

我现在说的堤,是广东潮州

潮安磷溪仙河的那一段

这段堤由空气炼成

隐匿而真实

一把平贴在我家乡土地上蜿蜒的拐杖

我仍不够苍老

不配依靠她

当河水和堤岸停止争论

历史便进入新的航程

我的童年，在堤上一堆被晒干了的牛粪中央

开了花

一个羊奶喂养大的野孩子

不配用一朵狗屎花为她加冕

在顶厝洲村与塔后村之间的这段堤坝

我是蜗牛、蟋蟀、甲壳虫最忠实的玩伴

呼啦啦驰堤而过的拖拉机带走年少无知

那年夏天，赶鹅的女孩被响雷吓哭

后来她知道雷声并不是最可怕的

世上有些轻声软语更吓人

更让人伤心，就是被吓到也不可以哭出声

丢失的鹅群找到了

故事里的女孩再也回不来

那条长堤，是藏在我衣兜里

用手帕巾紧裹的一个寓言的旧址

是母亲手中的纶线

缝补着断魂失魄的日子

好吧，我的故事讲完了

一个关于诗人丫丫童年的故事

现在我在哪里？请不要打扰

我正藏在堤上一朵牛粪开成的花蕊中央

和一只儿时吵过架的屎壳郎玩着躲猫猫

立　秋

立秋意味决绝

虚度滥用尺度

藏在你心里的风暴经不住炊烟

洞悉天赋是件很有想象力的事

黑天鹅有篡改政治美学的天分

野葡萄做梦都会祝福你

田地里需要汗水做补丁

漏洞总是出现在花前月下

我胸无大志

只在小草脚下发过誓

只参加过蚂蚁的婚礼

你爱信不信

印　痕

临走前，在你左肩

狠狠咬了一口

请原谅我的自私，我只想

在远方，印痕让你不迷失

后来

还是失去你的消息

而每到天气潮湿的日子

我的左肩便莫名疼痛

哦，原来印痕跟着我没有走

在没人注意的时候

经常大声喊出

一个人的名字

真　相

空气从来都不是空的

请原谅，我的惴惴不安

人群中，目光与目光的交集

是一张带电的网

行走在密集光线下的幼虫

从来不知道自己有多危险

很多时候

我总能清晰地听到

尘埃中

骨感的咳嗽声

偏　爱

相对于精致，我更喜欢粗糙

相对于乐音，我更钟爱噪音

相对于完整，我更痴迷残缺

没有任何足够坚硬的物体

能隔绝月色漫进我的身体

混凝土壁墙、铝合金防盗罩、玻璃窗户

都是柔软的

没有任何有效的指命

能阻止某些貌似密不透风的信息

从体内泄出，融入外部的世界

就像我偏爱你沙哑的轻唤

那些风声，雨响，鸟鸣音，流水声

在一阵不规则的共振后

从我的瞳孔，耳蜗，鼻孔，毛孔

不自觉地流淌出来

乱　弹

1	2	3	4	5	6	7
Do	re	mi	fa	sol	la	si
C	D	E	F	G	A	B
c	d	e	f	g	a	b

请原谅我的固执和孩子气，我就要这样

将你的性别、姓氏、名字、籍贯，甚至

动作、声音、表情……

用我熟知的唱名和音名，逐一仔细标记

把你和世界上所有的物种，区别开来

以至于，你从任何一个方向走近我

空气中都有——独一无二的声响

砂　壶

我已体无完肤。亲人

你在哪里？

畅饮之前，你要明白我的身份

我腹中装的是毒药还是蜂蜜

亲人，你在哪里？

离胚的疼痛一如我的重生

举杯庆祝着胜利

亲人，你在哪里？

在废墟的碎片里

请不要叫出我完整的乳名

外 婆

她不停地摇头

不愿选择在这人间四月天去往另一个世界

她的玉手镯、假牙、发箍被留了下来

"姑娘，你上世救了一个恶人，他恩将仇报

他拿着铁剪子剪掉你两朵同生一枝的红花"

她回忆起算命人说过的话，脑袋甩得更厉害了

她不停复述多年前怀着的双胞胎女儿

一个胎死腹中，一个出生四个月后被活活饿死

围在病榻前的儿孙，没有一个她能认得

她只记得多年前离他而去的大女儿

"静云昨晚来过，她来看我了……"

她开始语无伦次

继续不停甩着头

她无法接受医生的"判决"

五天，大概五天，你们要有心理准备

尽管你娘的身底子像德国机器……

经验丰富的乡医将"判决书"三番四次修改

五天，一个星期，十天……

她不愧是我的外婆

走到路的尽头，仍不忘给我们上课

"坚持，坚强面对……"

她猫着腰，蜷在床角

像一把找不到箭的弓

"阿嬷，再喝点水，有了力气，

我们才能再去北京玩"

她终于稳住甩拨浪鼓一样的脑袋

笑得好舒展

一朵萎缩谢过了的花

重开了一样，瞬间她忘了，随便一阵风，

她这干枯的花身便会掉落在地

她离开的时刻，我不在她身边

最后见到她时，她穿着此生最隆重的衣装

满头白发像往常一样被罩在帽子里

我盯着她许久许久

没有哭，扬起嘴角

我对着她微微一笑

轻声喊了一句

"外婆……"

歌　册

阿嬷字正腔圆

虽然她不识一字

但这些韵脚，出了她的口

就像纸上冒新笋

破土而出

《百屏花灯》《苏六娘》

《红灯记》《潮州八景》

七字句，四句一韵

三三七，五五五五，七四七四

吕布在元宵灯上戏貂蝉

一种从"闲间"转移到

公园里的古老游戏

复杂的音韵，简单的转韵

这么丰富

这么抽象

陈三五娘，在她翻动的册页中

相爱又分离，分离又相爱

而今，每年的元宵节

隔着牌坊街汹涌的人群，隔着

暖暖的烛火

这古老的唱词，就像

灯影从我的脸颊拂过

在闪烁的光中

外婆唱着歌的喉咙

像转瞬不见的云雀，由云入泥

而牌坊街上炸春饼的鼎沸油锅

多么美好

穿着旗袍"骑标"的姿娘仔，多么美好

手里拿着糖猴活蹦乱跳的小孩儿

多么美好

花　灯

我站在暮色中

很久了

若有若无熙熙攘攘的人群

从灯影中闪过

这是一种怎样的容器

在它的炽烈和安静之间

古城家喻户晓的故事

盛满红色的光亮

父亲二十八寸的凤凰牌自行车

在这灯下闪过

我赶着鹅群被雷声吓哭的童年

在这灯下闪过

我儿时滚过的铁环，用橄榄核

做的陀螺，在这灯下闪过

一些东西正在起身离去

而我，仍然站在这里

在这时代的烟火下

在锦帛闪烁的牌坊街上

这红色的光，照活

街角糖画人手中的画眉

还有这画眉

清脆的三两声啼叫

灯　神

她拿了根绣花针，轻轻地

拨了拨灯芯——一下，两下，三下

整间屋子，不，整个世界

就开始满溢着光，所有事物，被点亮

床、梳妆台、墙角的仿真百合

窗帘、地上的灰尘，甚至

她脸上浅浅的小雀斑

便不安分地，动了起来

噔，噔，噔……她听到有人在体内

爬楼梯的声音，沿着肋骨，拾级而上

如果没有猜错，那人一定是

左手持着火把，右手拿着铁锹

微光中，一个巨大的茅塞被撬开

她脑壳里那些酸性、碱性

阳性、阴性的词，奋不顾身

冲了出来，她们手牵手，跳起火圈舞

有风吹来，火光激动了一下
像极眼前这场，不大不小的动荡

旧锁头

我不想多费笔墨来描述她的苍老和孤独
我不忍，不忍撕开她紧锁的身世
一如母亲撕开我身上紧裹的胎衣
——哦，这血债的渊源

她前后转给三户人家为女
生有六女三子，养有四女二子
现有三女二子，老寡妇
她每天守宅扫地

逢年过节
不忘别上金色的如意发夹

用白发油将头发抹得亮堂堂
干枣般的笑容因此看上去明亮一些

她是我外婆
农村妇女
生于1929年

亲爱的蚊子

亲爱的蚊子哟，我赞美你
为了我一寸白皙的肌肤
你视死如归，甘心付出生命

其实，在我将饱饮我血液的你
一掌打死之时，我已经输给了你
对于爱情，我总比不上你有勇气

空心的时光

那些零碎的快乐

在这样慵懒的午后，适合

用来打水漂，像小石子一样

在水面上翻跟斗

一次，两次，三次……

早春的雾气

让那些想象力充沛的人

汁液饱满，仿佛轻轻一摁

唇间涌动的新鲜浆汁

便会不自觉地流淌出来

在一整片深桨的水域中

我用腹语，反复呼喊

却寻不到一根搭救的蒿苣

四周空茫

镜子里的松果，一颗颗

无理由地坠落

一根鱼刺

——记某次鱼刺哽喉

这家伙，逼近我的喉咙

说爱我

爱得很深很深

我掉泪

咳出血

这样的爱有点过于残忍

用疼痛浇灌这棵身体里新长出的芽

伤害和爱，报答和报复

平行着生长

我心里长着的刺和这根

寄生的刺

我真的说不好，它们哪一个对我的伤害多一些

但我爱她们

爱着这身体里的延伸

我想，我们彼此深爱……

有了爱情的刀锋

变得那么甜蜜

这根鱼刺

在被我咳出的那一刻

竟有了还俗之心

沐

我绝对相信

我可以

拧开，月亮这个花洒

银白的月光

盐灰一样

落

下

来

我的皮肤

被烙得滚烫

需要一场

足够重量的雪

来

冷却

片 段

巨大的浴镜前

我小心翼翼

穿上——

不锈钢内衣

塑料背心

红木短裙

玻璃外套

橡胶连裤袜

水泥长筒靴

最后不忘戴上

亲爱的纸花小礼帽

你站在镜子背面

一语不发

拿着透明螺丝刀

不慌不忙，将我

一件一件，一点一点

拆下来……

我终于成了
一堆废品

失　语
——写给母亲

压着绵厚的花粉
这个日子，抬不起眼睑

一只衣着古怪的蜜蜂，起得很早
对着你，准备大声朗诵

叽里咕噜的蜂语
无人听懂，腔调生疏滞涩

像此刻的我，面对自己的亲娘
张着口，半天叫不出声

陀　螺

实际上，它有两只脚

两股力量

自转时另一只脚隐身绕着自身公转

两股力量同时作用，但方向相反

头重脚轻，它总能在一个倒置的塔尖

完成一次次漂亮的转身

当它必须围绕着日子公转

遵循玩陀人预设的路径和力度

它隐着的脚

便现身

桉 树

万籁俱寂的腰杆

适合沉默马匹的长跑

地平线之外

造物主用纽扣紧紧系住悬崖前的战士

打过油漆的身体，披戴着霸道的盔甲

他用惨白修长的指尖，碰触着世界的尽头

低俯时光的人，用笔直的躯干

抵抗着脚下的子民

一条条跑道，在延伸

他用辽阔的江山，喂养着

日渐肿胀的孤寂

容　器

大致可分为两类

温热的，和冰冷的

子宫温热

奶瓶温热

水杯温热

汤碗温热

浴桶温热

课室温热

婚床温热

笔管温热

酒瓶温热

茶罐温热

……

甚至，夜壶，药锅，针筒，病床都是温热的

除了棺椁和骨灰盒

刮 痧

事物一直在前进（实质上某些前进就是倒退）

一些面孔在记忆中被消磁，音色掉落成粉屑

暮色接踵而至……

带着暗褐色的伤疤，我用不安的情绪

读着故乡的自传，故事回到故事

文字朗诵文字自身

……规划整理，讨论研究，计划实施……

城市病灶四伏，瘴气布满飞鸟的身体

找不到合适的瓦片。痧点浮现

而我总是悄悄坐着火车

回到古代的院落，时常

忘记返回

之　外

镜头伸进层林

搓破日光的薄纱

撕开了一只蝌蚪的前身

三只林蛙叠交在一起

做着同样的抽射动作

欢愉让他们暂停了歌唱

最下面的雌蛙泛荡在白色的分泌物之上

做着人类绝不可犯的错误

——让两个男人同时与一个女人结合

三只林蛙的爱情

如此坦坦荡荡，光天化日

却让人心慌

事情总是这样

一步步恶化的，并不是

看世界的镜头

镜头后的眼睛

眼睛后面——不安宁的人心

刺　客

用最柔韧的方式，抵抗时光的劫持

　　　　　　　　　　　——自题

多么好，当我发现他

一把明晃晃的短剑

已稳稳地，架在我的脖颈上

剑光在我脸上开始了拉锯动作

没有丝毫的惊慌

我竟在瞬间，变得麻木

他尝试对我调情，甚至用彩色的糖果

哄我。"乖，痛快点。如何？"

"可是，我已习惯了，慢性自杀。"

这些年，我被磨得安分守己

几近不敢爱，不敢恨

你来得正是时候，要刺，就往深处吧

手持利器的隐形人，比我

抢先一步，哭出了声

木　偶

坐在剧场门槛

她等待着

耍把戏的人

耷拉着灵魂，歪着小脑袋

她出奇地安静

看着露水滑过，夜的眼睑

虔诚的信徒

她一度尝试，将眼光炼成钢钳

——咬断月影

多么可恶的事实！

臆想的美景

酸酸甜甜的假想

只不过是

时光魔术师手中

完美的小把戏

可怜的家伙！

生于木质时代

她却偏偏

长着一颗

火做的心

渔　歌

我总是声称，命运就是游戏。

有谁需要鱼，既然有了鱼子？

———约瑟夫·布罗茨基

一

我的歌词还来不及填好

你已到来

黑暗慢慢消隐

潮声渐喧

二

我不是歌者

当海的那头，泛着鱼肚白

亲爱，我确定
那是你的气息，在将我召唤

我无的放矢的歌声，等待
被点亮

三

"原来，你在这里！"

我的路途长远
辙痕遍布广漠深宫

我在捱延
等待拯救

我，从不对谁膜拜

原来，你一直在
离我最近的地方

四

荆棘丛中，浪花盛放
岩石唱着倦歌

而你已到来

这纯粹的单音
这变奏的调式
这闪动的明光
这，甜沁心腑的——喜讯

五

我是一只轻舞的枯叶蝶
在光波的海面，展撑翅帆
在欢呼的浪花上，畅意翻动
在天河的海峡边，奔腾喧笑

呵，猖狂的野孩子

我游戏在世界的海滨
婴儿一样，哼唱着毫无意义的谣曲

六

晨雾中

我触及一丝微光

慢慢苏醒

爱的神秘，闪烁在我微笑的嘴角

睁开双眼，我就要起身

——忘情舞蹈

七

神光离合中

我直立在自己的耳门上，倾听生命的谐音

我静坐在自己的眼睛里，观察众生

我潜藏在自己的思想中，揭开万物的面纱

我独居索处，孤守着
等待着——你的赏识

八

呵，天空。你这窝巢
我的灵魂寄居在你的心脏
无声无色，无形无影，无昼无夜

呵，大海。你这摇篮
我的气息晃动在你的血管
无静无动，无深无浅，无聚无散

九

波起复落
你变换着身份将我呼喊

我赤足奔跑在欲望的沙滩上
捡拾海鸟蛋。它们有好听的名字

咸风在沙海的深湾据地为营

它的须髯并没有染上纯色

它有着琥珀色的伤疤

我在熄灭的幻境中

被触摸

被打动

被唤醒

波浪翻腾，光链连接

而我，是一株树

汲取海水，这亘古的蓝色精液

享受着，燃烧的快感

十一

我的爱。我的悦。我的痛

我的甲鍏。我的干戈。我的弓矢

我的迷蒙。我的炽烈。我的放荡不羁

我明晃晃的青春

    灵魂中积攒的财产

      生命里孤独的祭品

等待着，万物不灭的诏令

    等待着，使令之灯被洮亮

      等待着，惯旅的尘影被摁灭

        等待着，暴雨般的飞箭飙射

          等待着，将虚空的躯壳

傲视万物的精神

完全浸淫到——你的海洋

而后，让不朽的船体，将我拖上船台……

十二

亲爱，当时光的隔栏破裂

静谧的海，寂寥的海，安宁的海

必将开遍——奇花异蕊吗?

而我

会戴着爱的符咒编织成的花冠

成为光明盛放的花中隐蜜吗?

而我们

将深情相拥,相互慰藉,相互舐伤

忘却周遭,忘却晨昏的凄乐吗?

十三

谁能回答?

谁会回答?

谁懂回答?

大海吗?

哦,不

大海从远古到未知

不曾平息，也不曾言说

微风吹拂的清晨

这蓝色的尤物

若无其事

十四

而我们心中的渔歌

一直找不到，合适的调式

它幻化成永生的诗篇

飘忽在这海面

隐——现——明——灭

白月亮

我不想叫醒她

停歇在红色的塔楼顶尖

她的轻骪，触手可及

羽翼晶亮丰满

眼神隐匿而神秘

她从这个世纪，拂过那个世纪

很多次，我径直撞上

她的呼吸，撞上她

汹涌的沉默，哀伤的白月亮哟

你徒有光洁的肌体，火做的心

光影错叠的年代

谁用真面目，喂养你的凝视？

亲亲的白月亮

不戴面具的处女之身

大地无解的谜语

唯独你，才配做我

——发光的墓碑

星期天

两只螃蟹的星期天

着实有些糟糕

它们一定没有预料到

这阳光如橘汁般的日子

会是它们的死期

光柱穿过窗子

钻进厨房

在灶台上若无其事地踱来踱去

我给螃蟹周身"解绑"

扔掉注透水的草绳

将它们放进煮开的水里

再见，伙计

锅盖被严实地盖上

仿佛隔开

另一个世界

可怜的小家伙！它永远也不会想到

要了它小命的，竟是与它朝夕相伴的

——水

它更不会明白

原来要"红"一回，必需

以命相换

秋刀鱼

她被一根俗世的竹签整个串起

横卧在时代的烧烤架上

隐忍穿肠而过，她始终保持着

与脊背弧度相应的想象

她听到了世界的心跳

像极四周左逃右窜噼啪作响的火苗

一阵风刮过她几近凝滞的眼瞳
她的双腔被固定成剪刀口的角度

整个夜晚
曾经喂养过她的那片海域不停地唤着她的名字
秋刀鱼口形僵着，没有答应
寂灭的海面留下一道斧痕

——火势渐猛，表皮不时发出的爆破声
让她以为，自己还活着

伪写真

技术性的失误
木头椅子再次长出银耳
甜腻的外表总与坚硬的质地
格格不入

体内的罂粟已过叛逆期

她近似一个隐形人

在特定的灯光下，打着手势

镜头一次次入侵，重复的排练让试探变得无效

有几次

她被瞬间闪烁的强光砸伤了鳍

像一只无辜的鱼

徒有光滑的脊背

她的衣着越来越性感

身子越来越瘦弱

而孤独

越来越臃肿

她始终与生育她的时代

保持一倍半的焦距

仿佛那么远，又那么近

仿佛那么真实，又那么虚拟

宅时代

左手提着变质的时间，右手

提着新鲜的孤独

我们在光年的钢丝上，练习平衡术

致黑暗书

那些塌陷的光

疯狂地，追赶着影子

一场不谋而合的暴乱，来自

一盏不点自亮的灯

她的血液，是燃不尽的油

她的心脏，是无限宽深的灯芯

她有开阔的

深不见底的可怕热情

即便一阵无意的微风轻轻划过

也能轻易——将她拧亮

正是黑暗，使她的存在饱蓄意义的黑暗

她无尽感激的黑暗呵

让她舍了命地挥霍

——毕生的才情和炽烈

试图说出爱

我再一次

写到一棵

花叶落净的木棉

它孤立在湘子桥畔的滨江长廊一隅

但它从不孤单。这

我是知道的

它与长廊上的柳树、榕树连在一起

当我试图说出爱

其他的树，同样微微点头

就像我随口喊出——妈妈，妈妈

韩江水面，总会有

欢快跳跃的波澜

一个人的酒会

从异乡

到另一个异乡

我们隔着身世，怪癖，气味

形同虚设的思维系统

对饮

水银，篝火，铁锈，谎言

逐一回到身体，唯孤独感

不能。像女人的生理痛，一直

无法解决和逃避。这样的夜里

又有多少读书写字

而我只关注生活的链条

它的清洁度，它的连贯性

很多时候，我一个人进影院，逛超市，泡书吧

闭门跳舞，关窗写诗……将自己放逐，收回

收回，放逐……

在深圳，我一坐上地铁，便彷若隔世

快节奏的城市里，我却感觉自己是古代人

旗袍，发簪，木屐……

周围的废气，人声，机械的噪音

变得遥远而松弛

我从不怀疑冰凉

只是必须用一条厚厚的纯棉长毯

将自己裹紧，不让黑夜再侵入躯体，不让

那些由酒水变成的暖热液体

不自觉地流淌下来

我们都是木匠

刨，一圈圈褪下渴盼

由躯壳向内里游移

贴近轴心，现出生活的病灶

我们抽象地活着：

线，圆，方，角……

将自己拉压成适应现实的模样

一切意念被连贯地省略。我们

同时染上木质的痛感

——麻木，木讷

一如静物映射出的泛神学

我们亲手裁制的那扇木门

开了又关，关了又开

这么多年，一遍遍在复活

鼻尖上的顿音

船杆划过大地的脸庞

水面荡漾，种植整齐的一排排倒影

开始混乱不堪

远古的马队，穿过朝代的前额

劣迹斑斑，左眼为白昼，右眼是黑夜

车辙在停滞中流逝

"寂静如此完整"①

时间停落在历史的鼻尖

等待论证

_____

①引用自美国诗人杰克.吉尔伯特的诗句

信。不完整构想

从称呼开始

航程转入冒险轨道

残缺不全的黑铅字

暗夜里错手点烟

碰杯言欢的酒席上

她的孤单，从不枯竭

纸张装不下茂盛的虚妄

问候失去验证

预设的语境

浪漫只剩下偏旁

她已习惯

在落款处化上青铜浓妆

将月亮当邮戳

穿越，松垮的时空

信。戏剧的日常

总是被邮票的锯齿割伤

由圆压成方的月亮

守在信封的一角，探出

你看我的眼

哦，不，是触角

一遍遍舔舐着我潦倒的睡眠

一颗橘子，被悲剧地

遗落在风雪中的大树下

而我们

一个向西，一个向东

装作没看见

而今，邮差来不来

我都是一样：

善待早餐

善待午休

善待夜梦

马达加斯加的企鹅

需要阐明的一点是

——我不是

白痴

亲爱的马达加斯加，我向往你

向往，这原本

不属于我的领地

背对那个混沌的时代

我的身体——始终黑白分明

这是我与生俱来的姿态

我

只为一只

智能高超的筛子而生

瞧，我傻乎乎地行走

用浑圆的屁股思考，仅仅睁一只眼

也能看透这个世界

瓦楞上烤土豆的麻雀

一只小麻雀

落在瓦楞上，烘烤土豆

久烤不熟。她的心

早已发亮

她一次次抬起被烫红的脚掌

用嘴呵着气　冷是一个被讥笑为荒诞跋扈的傻鸟

她始终相信：

这顿晚餐，一定很美味

嘲讽者的五脏

并不见得比一只小麻雀俱全

嘿嘿，那只傻头傻脑的土豆

已准备好，为真理献身

天堂里的火车丢了车头

必须提起的是，车上唯一的乘客

她的气味、怪癖，和经历

没有人知晓她的姓氏

她从哪里来，将到哪里去

光影耗尽

情景一再陷入沼泽

无人驾驶的列车，拖走旧事物

路边的植物，土砖房，不曾消失的灰尘

她自始至终，坐在车厢最后的位置

安静地抽着烟，绝口不提迷惘或焦虑

仿佛，一切可以

事不关己

每一条牙缝都种着一盏灯

一颗牙齿就是一个车站

从母亲的子宫

到孩子晶亮的眼睛

每一条牙缝都种植着一盏灯

从学步的婴孩，到蹒跚的老人

味蕾舔舐着一段车程

与另一段车程的冷暖甜涩

阳光是一把丈量站程的尺

当太阳划过历史的唇线

那些成长着的灯

终将开花结果

卷
三

梦与醒的分界线（节选）

1. 我离开，是因为我在乎，因为我从未放弃。

3. 她感觉自己的身体像蜂窝，有那么多甜蜜
   的缺口……

4. 傻瓜！看刀！……我眼泪狂飙。

7. 爱很多时候只是一种盲想。只是黑暗中的
   一个符号。它无法命名。

8. 爱情和死亡，都是令人粉身碎骨的课题。

10. 断桥之"断"，如断魂之"断"。似断
    犹连的爱情容易让人窒息，她的迷离叫
    人销魂。

15. 她独自一人坐在石椅上。身体里的那个
    海盗溜了出来。——石椅上，两个海盗
    在狂欢。谁也没看见。

16. "你好。""你好！"两个哑巴丢掉舌
    头。紧紧地拥抱在一起。

18. 我是一个忘情的舞者。咬一支带刺的玫
瑰在口中，拈一朵泪花别在耳后。五月
的南风是我漾动的裙摆。乐声响起，我
总是一次又一次，忘了自己。

19. 当月亮在树林里徘徊，乐曲平息之时。
当一切已不复存在，有谁仍会恪守五月
的誓约？

20. 为何我的指尖流淌出的琴音，总是带着
淡淡的忧伤？我又一次傻傻地趴在窗口
问月亮。

21. 我把手搭在夜的担架上，小心呼吸。或
许，我应该改用另一种表情，面对这样
的月色。

22. 听着久石让的音乐，我必须努力将自己
反锁在梦里。

23. 凝视窗外，星星也不出来和我捉迷藏。
只有玉兰花孤独地散发着清香。

24. 一不小心，我又碰触到自己的内心。我
   又看到那只多长出一条尾巴的黑猫，摇
   摇晃晃地从我眼前走过。

25. 绕过吧。绕过吧。隐约中，我听到树叶
   对风说的话。

26. 一切生灵，一切物品，一切理想，一切
   希望……极虚地在我周围的空气弥留。
   透明。无色。无味。

28. 把时光揉成稀巴烂，涂抹在自己的脸
   上……

29. 在梦与醒的分界线，我看到，从没见过
   的颜色。

30. 鞋子丢了，刚刚好。脚趾头上长着的眼
   睛有用了。

31. 站在城门楼上远眺，我什么也看不到。

32．我与镜子之间终于真正实现缓解。掴自
己一记耳光。水银先疼于皮肉。时光在
瞬间跪下。

34．我反复问滨江的木棉，"轮回"到底是
一种什么东西？

35．她反问：有谁知道我来年将生于何方何
株何枝何丫之上？

37．我的咖啡杯塞满了我精神的乐土。我常
在杯中将自己语言的城堡拆掉重建。

38．"刹那"沉入清晨漱口的杯中，有种"永
恒"，可以随手泼掉。

39．很多时候，"永恒"只是我的一个瞌睡。

40．一位拍照的少妇在滨江的木棉树下醒
来。她醒后，变成另一棵树。

41．从湘子桥的桥头走到桥尾，从A到B，其
实我从未到达，却早已到达。

42．诗意从没有目的地，它在途中被挥发、泼洒。

44．站在韩江畔，我成了"液态的女子"，我身体的容器安放着容器，容器消噬着容器，容器新生着容器。——我牵着自己随即被融化的影子，走来走去。

45．芝麻糊搅混着杏仁茶，此"黑白配"相容而对立。单数的芝麻糊与复数的杏仁茶。具体的芝麻糊与抽象的杏仁茶。在我的五官之上，他们相互和解，实现置换。

46．为什么开元寺周围的姑苏豆腐比其他地方的姑苏豆腐正味?

47．香火飘拂的幻化让它们获得灵性，成为闪光的喻体。

48．把我对一支笔的经验传给你。当你读着我的这些文字。一支笔说出了另一支笔。

49. 金山顶上的古松，像一颗颗钉子立于岁月的肩头。它们站得那么高，但却不知道自己想看的到底是什么。

50. "韩江"上的桅灯已丧失了照明的作用。它的命名已被更改。每次路过它，我都要向它的前生深深地鞠一下躬。

51. 每一株挺立的木棉树心中都藏着一只猛虎。

52. 我踢着路旁的空酒罐，实际上是空酒罐踢着我，我们相互印证着一场心灵的凋零。

53. 虚实同株的木棉树拥抱过一个小女孩。如今它想得到一个女人。一个女人的身世，一个女人的全部。这真是一种绝美的失控。

54. 笼子太舒适。我心中的猛虎，适合来生再醒。

55. 和一棵苦楝树擦身而过，它对我笑了一下，我也回过头冲它笑了一下。在瞬间，我和童年实现了某种和解。

56. 这些天，我终于被一场高烧的诗意打败了。彩色小药片、针头，还有输液瓶，是这场诗意多余的道具。

57. 站在滨江，我欲赋江水新的喻义，却反为喻体。

58. 当我耗尽心机穿上月光裁剪而成的裙子，却发现裙体一点也不合身。顷刻掉尽颜色后的透明构架，像极了一首过气的诗。

59. 一张旧照片卷起来的边角将我戳伤。一个头上扎着红绸布、脚穿白色塑胶凉鞋的四岁小女孩，她就坐在我的跟前。这犹如剔骨的幻觉。

60. 她在我的诗中一次次孤独地哭泣。而我的词语连一片擦泪的纸巾都不是。

61. 我一次次在她闪亮的泪滴中看到她与这
    个世界相遇的决心，那么坚定，而怯弱。

62. 寂寞春深的橡树，站在潮州古城东门楼
    两旁。

63. 她们是春天的一对复眼。

64. 因记错一个数字误打我电话的陌生人，
    绝对想不到电话这头是一位诗人，更料
    不到在下一刻他会被写进诗里。

65. 偶然性被一个误会的数字哽在电波中，
    定格诗意。

66. 我瞄了一眼桃花。桃花给我拍了一张
    照。她不但记录下我的五官，还清晰地
    记下我的胎记。下一位来观赏此株此枝
    此朵桃花的人，一定是我的亲人。

67. 枯叶蝶何以被命名为"枯叶蝶"？因其
    名中之"枯"，它比其他的蝶类多了几
    许灵性和生机。

68. 世上干枯之物身上都有沉甸甸的诗意。

71. 走在滨江数木棉树。一遍遍地丢掉数字，一遍遍地埋葬前生，一遍遍地哭着重来……木棉树终于先我一步崩溃。

74. 焦灼到底是一个有着什么味道的词？当我这样想着，路边烧烤摊上羊肉串的膻味，虏获了我的待死之心。

76. 记忆的严谨生成了另一种新的记忆。

77. 呼啸而来的汽笛为远足的旅人松绑。呼啸而去的渔歌为我受困多年的内心松绑……

78. 狮子座的心中，养着一个谎言的花园。假强大与假霸气是园中国王的新装。

81. 放生台旁边的垂柳，听进放生人所许之心愿。日积月累，她的内心挤满了愿望。身体因此更重了，枝叶越发低垂。她被别人占满了，丢了自己的理想，看上去一天比一天忧郁。

82. 傍晚，韩园情人廊上的鞭炮花厮打成一
团。她们陷入一场集体的欢愉。当我躲
闪着路过，其中的一朵花儿突然开口说
爱我，受惊之时，我重新定义：鞭炮
花，一种会由自燃引起他燃的致幻剂类
玄参科植物。

83. 在韩园的胶底跑道上，我赤足一圈圈奔
跑，被抛弃在身体之外的事物，一遍遍
失而复得。

88. 一颗钉子醒着。像此刻的我站在阳台，
听夜鸟朗诵诗歌。

89. 思想必须像绞肉机一样清晰地呈现出
来。真相的浮现都是残忍的。我所描绘
的景物来自手术刀下。那些我不曾描绘
的，经历过却不能尽享的，尽享了却又
遗忘的，如割舍掉的皮肉。

90. 一粒圆滚滚的雨滴在坠落的过程中将自
己磨尖，生成胸中的秘针。

92. 打碎信条的杯子，我却不想将碎片清扫
    干净。每一块碎片都是一个新的杯子。
    这样的重生让人着迷。

95. 我还没说出的，在未来我对诗歌渴求的
    方向中，那里有最沉着的还未被享用的
    喜悦和等待。

97. 一觉醒来，另一个我在我之上新生。

98. 烟花绽放，天穹是一只沸腾的巨锅。那
    些扑进我们眼球的花儿，满怀喜悦地进
    入我们的相遇。

99. 一个穿着古老肚兜的男孩在诗里蹦出
    来。他在我字词的车流中穿走。整个诗
    境的交通系统因为他的出现有了新的状
    况。臆想的紧急拯救措施，此刻出现于
    此诗中。

100. 拿出一个馅饼，把它当成陷阱。拿出一个
    南瓜，把它当成傻瓜。我拿出什么新的喻
    体，才能给你意外？给你诗意的颜色？

101. 秒针的阴影，在钟面实现僭越。

102. 盛夏的草地上，一个穿着古老潮州肚兜的小男孩在打滚。她的肚脐眼放出四射的光芒。因穿着红肚兜，他滚动得更流畅一些。

103. 镜中的绳子终于松垂下来。我顺着绳子，慢慢往上爬……荒谬从没发生。

104. 一个春天伸出舌头，亿万朵花蕾痉挛。

105. 靠近一朵倾听的桃花，我什么也没说。很多事物本身，已经存在耳朵。

106. 在海边，我打开倾诉的五官，警惕限制了我的抒情。唯眼神所说出的无法收回。

107. "空想主义"到底是一种什么东西？摆两副餐具、两个酒杯，一个人与灯影共进晚餐，此类的打比方已经过时。

108. 当我凝视着烧烤架上的秋刀鱼，它身上"噼噼啪啪"的爆破声从我瞳孔发出。

烧烤架上的秋刀鱼仍保持着在大海中的笑脸。此笑脸在我完整吃下它之后的好多天，一直浮现在我脑海里。

112. 我从一杯刚冲泡的滤挂咖啡中抽心而出，身体留在纸袋中，与咖啡渣混在一起。香气挥发，周围的空气慢慢变得翠绿。一串串葡萄样的文字在藤架之下长大成人。

114. 给你"美梦"，助尔"成真"的人，一定是你的亲人。

116. 张开左手的食指和中指，张开右手的食指和中指，我自己叫着自己，自己答应着自己。我要表达的，绝不只是胜利。

117. "丫"，是一把剪刀，"丫"，是疯长的树枝。"丫丫"，就是自己修剪自己。

118. 学生们睡着了，教室多么安静。知识醒着，哼唱着摇篮曲，哄拍着此"安静"。

119. 克制是另一种冲动。

120. 光秃秃的枯树，它枝丫周围的空白处，蓄满诗意的充盈。静止的树枝，诗意无穷。

121. 每一把虚位以待的椅子都是一位幻想家。

122. 丢掉传说的尺子，语言有其新的刻度，犯险和唤醒是重要的课堂。

124. 站在木棉树下的液态少妇，有一些快要蒸发的样子。

125. 随手点亮一支烟，烫破天幕。黑色的窟窿，是孤独的瞳孔。

126. 旧牌街坊是往事的一部分。大街、直街这样的别称也是往事的一部分。重建中所参与的机械、铲子、锤子、"花匙"，也是往事的一部分。

128. 韩江流经潮州的这一段，任何一滴水中，都坐着一个"我"。"我"中有历史，"我"中有流动，"我"中有映照，"我"中有消逝，"我"中有瘫痪的真理。

129. 河豚身上的毒是一种可爱的毒。正是这毒，让比喻有了基础。

130. 韩水的湍急让我对文字的"炫技"有了新的愿望。

131. 刚下完蛋的母鸡停止了哭叫，这是她的第N次重生，蛋之表壳附着的温度，是另一种哭叫。你可见过刚被推出产房的产妇，她的惨白，是另一种哭叫。唇上深深的牙印和残留的血迹是另一种哭叫。

133. 误读，误解，误会，充斥着生命的神秘性，它们是一种本源的生命力。这个时代刚好为这种本源的生命力提供了有力的保障。

陆燕姜

笔名丫丫、80后、广东潮州人。现
供职于潮州文学院。中国作家协会
会员、广东省诗歌委员会副主任、
广东省作协理事、广东文学院签约
作家。曾参加《诗刊》社第34届青
春诗会。部分作品被翻译成英语、
日语、西班牙语、意大利语、蒙古
语等。已出版个人诗集《空日历》
《变奏》《骨瓷的暗语》《世间的
一切完美如谜》等。